LE

MAITRE-ÉCHEVIN,

POEME EN QUATRE CHANTS,

Tiré de l'Histoire de Metz;

Dédié

A M. Emile Bouchotte,

Après sa destitution;

par

J. F. Blanc,

MEMBRE DE L'ACADÉMIE ROYALE DE METZ.

Premier Chant.

Metz.

AVRIL 1831.

LE

MAITRE-ÉCHEVIN,

POEME EN QUATRE CHANTS,

TIRÉ DE L'HISTOIRE DE METZ;

DÉDIÉ

A M. ÉMILE BOUCHOTTE,

APRÈS SA DESTITUTION;

PAR

J. F. BLANC,

MEMBRE DE L'ACADÉMIE ROYALE DE METZ.

PREMIER CHANT.

METZ.

AVRIL 1831.

METZ. — IMPRIMERIE DE S. LAMORT.

A Monsieur

Emile Bouchotte,

Après sa destitution.

Monsieur,

Jacques de Gournay fut comme vous, appelé dans des circonstances difficiles, à la première magistrature de la cité.

Magistrat d'une république, il refusa de jurer l'abolition des franchises messines; il refusa de pactiser avec l'étranger........ la brutale force du vainqueur le dépouilla de ses emplois.

Magistrat d'un peuple libre, vous n'avez pas voulu faire abnégation de vos droits; vous avez repoussé toute alliance avec l'étranger; vous avez préféré l'obscure liberté du citoyen à l'éclatante servitude de l'agent du pouvoir.

C'était donc à vous que je devais dédier le Maître-Echevin.

Votre concitoyen,

F. BLANC.

PREMIER CHANT.

Sujet du poëme. — Invocation. — Etat de la république Messine. — Complots de l'Évêque. — Conseil des Treize. — Discours de Gournay à Robert. — Talange. — Il demande un roi. — Gournay s'y oppose. — Le vote. — Talange est député vers Henry II, roi de France. — Désespoir de Marie. — Départ de Talange pour Joinville.

LE

MAITRE-ÉCHEVIN.

Chant Premier.

Je chante un citoyen de ces jours glorieux
Où Guise, à la victoire instruisant nos aïeux,
Au joug de Charles-Quint sut arracher nos plaines,
Et sembla nous servir en nous forgeant des chaînes [1].

Muse de la patrie! ô toi qui sur ces bords
Jadis du vieil Ausone inspiras les accords;
Toi, de la liberté compagne inséparable,
Prête à mes faibles vers ton charme impérissable.
Puisse du vieux Gournay, l'antique souvenir,
Des hommes de nos jours consoler l'avenir!
Comme au loin, dans l'espace, un verdoyant mirage
Étonne l'africain sur un sol sans ombrage.
Les rois, ces dieux mortels, de flatteurs entourés,

Ont connu rarement tes éloges sacrés;
Complaisante ou muette au gré de leurs caprices,
La lyre a trop souvent préconisé leurs vices......
Muse de la patrie! anime mes accents,
La vertu seule a droit à l'honneur de tes chants.

Au sein des murs fameux que baigne la Moselle,
La liberté jetait sa dernière étincelle,
Et de la république invisible ressort,
La sainte égalité s'effaçait sans effort.
Ce n'était plus le temps où tranquille et soumise,
La pourpre aux lois de tous asservissait l'église;
Ils n'étaient plus les jours, où riche et menaçant
L'état toujours en guerre et toujours florissant;
Des empires voisins, citadelle commune,
Dans leurs sanglans débats dirigeait la fortune;
Où noble et plébéien par les lois nivelés
Au suprême pouvoir librement appelés,
Apportaient chaque année au timon des affaires
Au lieu de titres vains des vertus nécessaires.
D'ambitieux prélats, de fiers patriciens,
Spoliateurs constans des droits des citoyens,
Resserrant en leurs mains les fils de la puissance,
De l'état ébranlé hâtaient la décadence.
Des comices trompeurs élevaient aux emplois
Celui dont les trésors avaient payé leurs voix,
Et d'une liberté chancelante et précaire
Les sueurs des messins arrosaient le salaire.
L'industrie avait fui les murs de la cité;

Le peuple, de ses droits enfant deshérité,
Supportant seul le poids des tributs germaniques,
Rappelait Charles-Quint à ses sermens puniques;
Tandis que, prodiguant mille sermens nouveaux,
Le fourbe couronné méditait d'autres maux.

Enfin, las d'implorer sa tardive justice,
Fatigués d'assouvir la germaine avarice,
Les messins vers la France ont tourné leurs regards.....
Demain, dès que l'aurore au sommet des remparts,
Rougira des métiers les nombreuses tourelles [2],
Près du Maître-Échevin, à son ordre fidelles [3],
Se rendront, les jurés, les comtes, les prélats,
De citoyens zélés, indolens magistrats.
Le sort de la cité dans leur conseil suprême,
Doit, tant il est affreux, changer en ce jour même.
Le peuple à ses tribuns inspire son ardeur....
Tel, on voit un mourant, sur son lit de douleur,
Accablé de marasme, à sa dernière aurore,
S'attacher à la vie, et s'agiter encore.

Cependant, au milieu de ces scènes de deuil,
Robert [4] laisse éclater sa joie et son orgueil.
Satellites adroits de ce chef de l'église,
Les prêtres ont servi sa coupable entreprise :
Il penche pour la France, il la sert, et c'est lui
Qui bientôt au conseil lui prêtant son appui,
Des aveugles destins fixera la balance.
Ce succès aujourd'hui suffit à sa vengeance.

2

Il déteste Gournay, qui de l'échevinat,
Supporte avec honneur le difficile éclat,
Et qui de justes lois interprète sévère,
A déjà sous leur joug courbé sa tête altière.
L'affront dont il frémit, Robert va le venger....
La cité subira les fers de l'étranger,
Et lois et magistrats dans un commun naufrage,
Engloutis à la fois, laveront son outrage.

Le jour brille et déjà les sonores marteaux
Frappent huit fois l'airain de tintemens égaux,
Lorsque vers le portique où la foule s'élance,
D'un pas majestueux le vieux Gournay s'avance.
Sans gardes, sans cliens, le chef de la cité,
Seul, au milieu des flots de ce peuple agité,
Semblable au Dieu puissant qui commande à l'orage,
Au-devant de ses pas voit s'ouvrir un passage.
Il entre, et Lénoncourt qu'irrite son aspect,
Fléchit sous son regard, s'incline avec respect,
Comme le mince acier sous l'effort qui le presse,
Se courbe en résistant et bientôt se redresse.

Mais Gournay, d'un coup-d'œil, où perce le mépris,
A sondé de son cœur les plus secrets replis :
» Lénoncourt, lui dit-il, vos coupables intrigues,
» Votre soif du pouvoir, vos trésors et vos brigues,
» Au bord du précipice, ont suspendu l'état.....
» La France, je le sais, à votre épiscopat
» De mon pouvoir éteint sacrifiant le reste,

» Vous paiera les remords d'un complot si funeste....
» Mais Gournay, dépouillé des emplois éclatans,
» Dont un peuple, encor libre, honora ses vieux ans,
» Gournay, près du cercueil, esclave de la France,
» Ne s'endormira point dans un lâche silence.
» Ma bouche publiera vos complots criminels;
» Et, jusque sous le dais, jusqu'aux pieds des autels,
» Maudissant l'ennemi sous l'étole du prêtre,
» Vous flétrira des noms de parjure et de traître!....
» Allez.... de vos amis les regards inquiets,
» Semblent, de mes discours, épier les secrets :
» Reportez-leur ma haine; aux miens je vais apprendre,
» Ce que de vos projets, mon zèle a pu surprendre. »

L'Echevin à ces mots s'éloigne du prélat,
Et les partis rivaux s'apprêtent au combat.

Tel, dans les airs brûlans que couvre un noir nuage,
Règne un calme de mort, précurseur de l'orage;
Tel au sein du conseil, en deux camps séparé,
Un silence imposant s'établit par degré.
Chacun fixe, incertain, ses puissans adversaires.

Elevés au pouvoir par des voix populaires,
Ici, près de Gournay, se pressent Raigecourt [5],
Roussel [6] dont le trépas commença dès ce jour,
Et que la liberté verra, toujours fidelle,
Avec elle briller et s'éteindre avec elle.
De Heu [7] qui, par système, à l'église opposé,

Doit combattre un avis par l'église imposé,
Et ceux des citoyens dont la noble mémoire
Ne laissa point de trace aux tables de l'histoire.......
Vainqueurs, on eût chanté leurs efforts généreux:
Vaincus, on oublia leur nom même avec eux!!

Là, non loin de Robert, avec Malroy[8] se range
Jeune, mais déjà mûr, le séduisant Talange[9].
Talange est du parti le héros et l'espoir;
Incapable de feinte, esclave du devoir,
Estimé de Gournay, qui lui promit sa fille,
Nul défaut ne ternit la vertu dont il brille;
Affable au sein des murs, sévère dans les camps,
Cette idole du peuple est l'idole des grands,
Et de la république, éloquent adversaire,
Il croit la servitude un fléau nécessaire.
« Citoyens, a-t-il dit, le peuple mécontent
» Demande un souverain, et Talange l'attend:
» Bourgeois et soldoyers[10], d'une voix unanime,
» Ont versé dans mon sein leur plainte légitime.
» Écartés des emplois, gênés par les impôts,
» La liberté pour eux est le plus grand des maux!....
» Oui, cette liberté, ce mot vide et sonore
» Qu'ils ont trop bien compris pour y tenir encore,
» Des peuples égarés talisman dangereux,
» N'est plus, dans ces remparts qu'un esclavage affreux!
» Loin des paisibles jours que coulaient nos ancêtres,
» Nous n'avons plus de rois, mais nous payons vingt maîtres,
» Qui d'un pouvoir précaire abusant tour à tour,

» Arrosent de nos pleurs leur royauté d'un jour.
» Ah! si de Charles-Quint imitant le parjure,
» Un chef d'aventuriers [11] a, pour dernière injure,
» Osé de nos remparts exiger la rançon,
» La liberté n'est plus, l'État n'est rien qu'un nom,
» Et de Charles, enfin, la tardive assistance
» N'est qu'un mépris de plus, qui demande vengeance!
» Notre vengeance est sûre: un monarque puissant,
» Henry [12] nous tend les bras; la France nous attend.
» Républicain encor, je puis parler sans crime?
» Qu'importe au malheureux le tyran qui l'opprime?
» Qu'importe que son front se prosterne, flétri,
» Sous le sceptre de Charle ou le joug de Henri?
» Ah! puisqu'il faut servir, qu'au moins notre esclavage
» D'un prince généreux ait la foi pour otage!
» Mais que dis-je, Messins?.... d'un culte novateur
» Les chefs ont renié l'indolent protecteur:
» Sous les drapeaux français le Rhin entier se range;
» Il veut un chef, enfin, qui le guide et le venge.
» Ce chef n'est point un maître; à nos antiques lois
» Qu'il laisse leur vigueur, qu'il respecte nos droits,
» Et chaque citoyen sera sous ses bannières,
» Plus puissant, plus heureux, plus libre que ses pères!! »

Il se tait à ces mots. Mais, toujours factieux,
Le peuple a répété ce vœu séditieux.
Ses cris ont retenti dans la gothique enceinte;
Le conseil s'en émeut, et, tandis que la crainte
En reproches amers exhale ses terreurs,

Le vieux Gournay se lève : « A ces perturbateurs
» Pardonnez, a-t-il dit, une plainte funeste :
» Ce peuple est égaré, mais son amour vous reste.
» Le peuple n'est jamais qu'un aveugle instrument ;
» Le coupable est plus haut et c'est lui qu'on défend !
» Oui, les vœux insensés que vous venez d'entendre,
» Répondez, Lénoncourt, habile à les répandre,
» Quelle bouche abusant de son pouvoir pieux,
» Verse à flots dans les cœurs un ferment dangereux ?
» Quelle bouche abusant d'un sacré caractère,
» Au nom d'un Dieu de paix souffle en tous lieux la guerre,
» Et d'une liberté funeste à ses desseins,
» Détruit au nom du ciel les ressorts les plus saints ?
» L'église veut régner, voilà son seul mobile ;
» L'église règne en France, et déjà vers Joinville,
» De pieux imposteurs assurent à Henri
» Qu'à l'espoir de son joug la Moselle a souri.
» Ah ! que plutôt cent fois ses ondes courroucées,
» Entraînent dans leur cours nos splendeurs effacées !
» Que plutôt, à son roi, sur nos corps expirans,
» Montmorency [13] vainqueur, apprenne nos sermens !

» Mais tous les factieux au même but prétendent :
» C'est, sous un autre nom, le pouvoir qu'ils demandent.
» L'un le veut sur le trône et l'autre sur l'autel :
» Il n'est que dans les lois. Par un pacte immortel,
» L'homme ici peut sous l'homme abaisser son courage,
» L'obéissance aux lois n'est jamais l'esclavage !
» Non, j'atteste à la fois mes amis, mes aïeux,

» Et ce peuple séduit, mais toujours généreux,
» Jamais d'un citoyen le vœu patriotique,
» N'appellera sur Metz, un sceptre despotique!
» Q'entouré de flatteurs l'indolent Henry deux,
» Rêve que l'univers est esclave comme eux;
» Que, nouant en nos murs ses trames criminelles,
» Il voie, ivre d'espoir, flotter sur nos tourelles,
» Du fond de ses palais, son drapeau vierge encor,
» Qu'une impudique main a brodé de lys d'or [14].
» Il est roi : dans son cœur l'orgueil de la couronne,
» Sacrifie à la fois aux caprices du trône,
» La justice, l'honneur, et les droits des humains.
» Qu'aux chaînes de Henry, Robert tende les mains,
» Il est prêtre: il saura, feignant l'obéissance,
» S'il n'est maître absolu, partager la puissance.
» Mais vous, vous citoyens, libres dans vos remparts,
» Vous, dont le Rhin tremblant a vu les étendarts
» Maîtriser sur ses bords et la paix et la guerre;
» Vous, qu'un prince parjure abandonna naguère,
» Irez-vous, oubliant vos sermens et sa foi,
» Vous courber de nouveau sous le sceptre d'un roi? »

L'éclair n'est pas plus prompt. De la voûte gothique
L'écho redit au loin : Vive la République!!
Un rayon d'espérance anime tous les yeux:
Et cependant Talange est là, silencieux;
Là, Robert et les siens, immobiles, dans l'ombre,
Au grand cœur de Gournay n'opposent que leur nombre.
Dignitaires, prélats, jurés, primicier [15],

Tous ont demandé l'urne, et Robert le premier
Vers le vase fatal, en pâlissant, s'avance......
Il se sentait coupable en votant pour la France!!

Un silence effrayant régnait dans le conseil.....
La boule, frappant l'urne, avec un bruit pareil
A celui des gazons que par faveur dernière,
La main de l'amitié jette sur une bière,
Semblait en résonnant sous les sombres arceaux,
Annoncer sourdement une proie aux tombeaux....
Etait-ce ô liberté, ta plaintive agonie?

Oui!.... le sort a parlé. Par des ingrats bannie,
La déesse immortelle abandonnant ces bords,
Va sur le monde entier répandre ses trésors.
L'Europe secouant sa gothique poussière,
Recevra par torrens la vie et la lumière.
Le génie [16] à la fois emprisonné, vainqueur,
Comme le flot puissant qui bat avec lenteur
L'immobile rocher que bientôt il efface,
A de la liberté la puissance et l'audace!
A la voix d'un marchand, dépouillant son linceuil,
Florence, libre enfin, a tressailli d'orgueil!
Venise, sur les mers, qu'un de ses fils épouse,
Brave du monde entier la fortune jalouse.
Albion va fonder les immortelles lois,
Qui du peuple et du trône ont balancé les droits.
Et tandis que l'Espagne aux champs de l'Amérique,
Préludant par le meurtre aux horreurs du Mexique,

Allume les bûchers de ses dominicains,
Trois mortels inspirés, trois demi-dieux germains,
Vers l'immortalité dirigeant l'industrie,
Ont, au monde étonné, légué l'imprimerie !

Le peuple cependant sourit avec transport
A ces chefs, qui d'un mot ont décidé sont sort.
Il accuse Gournay, dont la noble assurance,
Des plus séditieux réprime l'insolence.
Échevin, maître encor, sous ton autorité
Une dernière fois fais fléchir la cité.
Vers Joinville, demain, servant de vieilles haines,
Talange ira pour Metz solliciter des chaînes !
Le sort l'a décidé ; l'espoir de tes vieux jours,
L'amant de ta Marie, objet de tant d'amours,
L'orateur éloquent que forma ton suffrage,
Semblable à l'arbrisseau dont le rampant feuillage
A ruiné le mur qui lui sert de soutien,
Talange de son nom veut éclipser le tien !

Cette faveur du sort, il l'accepte avec joie :
Et tandis que déjà son ardeur se déploie,
Que mille soldoyers, par sa voix appelés,
Aux lieux où fut Serpane, en un jour assemblés,
Attendant que leur chef à l'horizon paraisse,
Vas au sein de ta fille, épancher ta tristesse......
Elle aime !.... le destin pour combler tes malheurs
Devait ce dernier coup à tes vives douleurs !

Elle aime!.... de Talange elle a la foi jurée.
Son ame ivre d'espoir, et d'amour dévorée,
A travers les débats du rang et de l'orgueil,
Ne voit dans le départ, qu'un premier jour de deuil.
Elle pleure déjà les tourmens de l'absence,
Elle rêve au retour..... et quand la nuit s'avance,
Dès qu'un profond repos étend sur la cité
Le silence si cher à ce cœur agité,
Rêveuse encor, tremblante et toute à sa chimère,
Elle fuit en pleurant le toit de son vieux père !!

Déjà d'un pied furtif elle a foulé ces lieux,
Que limite la Seille, en son cours sinueux;
En ce vaste forum, à présent solitaire,
La voix de son amant a retenti naguère.
Son cœur s'enivre encor des applaudissemens,
Dont un peuple guerrier a couvert ses accens,
Le jour que Furstemberg menaçant nos murailles,
Talange n'invoqua que le dieu des batailles....
Ce créneau ruiné parle de sa valeur....
Là, les juges du camp l'ont proclamé vainqueur....
Voilà l'hôtel de Heu [20] que sa gloire importune....
L'hôtel de Villefranche [21] où, près de la fortune,
Se rassemblent l'esprit, la vertu, le talent,
Où la beauté sourit aux traits de son amant....
Ici de Saint Thiébault est la châtellenie
Où Talange applaudit aux essais du génie [22] ....
L'arquebuse y résonne aux mains des soldoyers.
Elle écoute.... et son cœur croit, à leurs chants guerriers,

(Des sens et de l'amour aveuglement étrange!)
Entendre se mêler le doux nom de Talange!!!

Mais, à peine éclataient les premiers feux du ciel,
Que la herse a gémi sous la *tour de Michel* [23].
Suivi d'un écuyer, sur un coursier agile,
Un chevalier bientôt s'éloigna de la ville.
Ses armes, son cimier, son écu divisé
Brillaient de blanc, de noir, déjà fleurdelisé [24]:
Ton regard, ô Marie! a reconnu sans peine
Le héros dont ton cœur porte la douce chaîne!
Immobile, penchée au sommet des créneaux,
L'œil humide, elle suit la course des chevaux.....
Elle interroge encor leur fugitive trace,
Quand ils se sont perdus dans le lointain espace.
Comme, au loin sur l'écueil, le marin naufragé
Cherche encor sur les flots son esquif submergé!

FIN DU PREMIER CHANT.

NOTES HISTORIQUES.

PREMIER CHANT.

[1] ....en nous forgeant des chaînes.

Tout le monde sait qu'un grand nombre de gentilshommes français se jetèrent dans Metz, menacée par les armées de Charles-Quint, et que, sous la conduite du fameux duc de Guise, ils obligèrent l'empereur à lever le siége de cette place, le 1er janvier 1553.

Metz, jusqu'alors ville libre, passa sous la domination française: Henri II s'en déclara le *protecteur*.

[2] Rougira des métiers les nombreuses tourelles.

Trente-sept tourelles flanquaient les remparts de Metz, et au moment du danger elles devenaient le point de rassemblement des différens corps de métiers. Ainsi il y avait la tour des *lennyers* ou drapiers, la tour des *boulangers*, la tour des *clowtiers*, etc.

[3] Près du maître-échevin.......

Celui dont il est ici question est Jacques de Gournay, le dernier qui gouverna la république messine.

Le maître-échevin était le premier magistrat de la cité: son autorité n'était balancée que par celle de l'évêque.

[4] Robert.......

Robert de Lénoncourt, évêque de Metz, celui-là même qui consacra la cathédrale, le 24 mai 1546; c'était un prélat intrigant et ambitieux; il ne tendait qu'à s'emparer de l'autorité. Henry II, roi de France, qu'il servit d'abord, fut bientôt obligé de sévir contre lui. L'évêque s'arrogeant la souveraineté, faisait battre monnaie à son coin: le *protecteur* y mit bon ordre.

[5] Raigecourt.......

D'une ancienne et noble famille de la république messine: il avait exercé la souveraine magistrature.

[6] Roussel.......

L'un des chefs de cette famille de Roussel, dont il reste à Metz un grand nombre de descendans : il avait été maître-échevin et mourut de chagrin lors de l'anéantissement de la république.

[7] De Heu.......

Gaspard de Heu s'était dès 1542 prononcé pour la réforme, lorsqu'il fut élevé à l'échevinat.

[8] .... Malroy.

Le sire de Malroy (quelques auteurs écrivent Malleroy) était le neveu et à ce qu'il paraît l'âme damnée de Robert de Lénoncourt.

[9] .... Le séduisant Talange.

Le seigneur de Talange fut choisi par les français pour succéder à Jacques de Gournay dans la dignité de maître-échevin. J'en ai fait l'amant de la fille de Gournay.

[10] Bourgeois et soldoyers.......

Les soldoyers formaient les troupes étrangères soldées de la république. C'étaient les suisses de ce temps-là.

[11] Un chef d'aventuriers.......

Le comte de Furstemberg, chef de protestans, ravagea à main armée les terres de la république messine ; on ne s'en débarrassa qu'en lui payant une grosse somme d'argent.

[12] Henry.......

Henry II, roi de France, tenant alors sa cour à Joinville, marchait à l'encontre de Charles-Quint, dont les princes allemands venaient de secouer le protectorat : le monarque français avait reçu d'eux le titre de *vicaire de l'empire.*

[13] Montmorency.......

Le connétable de Montmorency ; il venait de faire canonner Gorze par le duc d'Aumale qui s'en était rendu maître.

[14] Qu'une impudique main a brodé de lys d'or.. .... ..

Ce vers fait allusion à Diane de Poitiers, duchesse de Valentinois, qui après avoir été la maîtresse de François Ier, devint celle de son fils Henry II.

[15] .... Primicier.

Le Primicier ou le Princier, présidait le collége des abbés de Saint-Vincent, Saint-Clément, Saint-Arnould et Saint-Symphorien, qui élisaient le Maître-Échevin de la cité. Ce dignitaire ecclésiastique résidait à la Princerie.

[16] Le génie à la fois emprisonné, vainqueur,

Galilée condamné par l'inquisition pour avoir découvert le mouvement de la terre, s'écriait dans sa prison : *E si se muove!* et pourtaut elle se meut!

[17] Côme de Médicis.

[18] *Serpane* ou *Scarpone*, d'où notre rue *Serpenoise* a tiré son nom, était une ville très-importante, située en face de *Dieulouard*, sur la rive opposée de la Moselle. Il y a près de 850 ans qu'elle fut effacée par les hongrois; Attila l'avait déjà, selon sa coutume, brûlée et sacagée vers l'an 451.

[19] En ce vaste forum.......

Le Champ-à-Seille, borné d'un côté par la rivière de ce nom, et de l'autre par les arcades dans le genre de celles de notre vieille place Saint-Louis, s'étendait sur tout l'emplacement occupé aujourd'hui par le quartier Coislin, et les rues adjacentes; dix mille hommes pouvaient facilement s'y livrer aux exercices militaires, et c'était là que se tenaient les assemblées du peuple.

[20] L'hôtel de Heu.......

Cette maison remarquable par sa construction vient d'être *modernisée*. Elle est située rue de la Fontaine, et on a laissé subsister au milieu de la façade actuelle, un échantillon bien propre à faire regretter son antique et belle architecture.

[21] L'hôtel de Villefranche.......

Il était situé dans la rue de la Chèvre : c'était le rendez-vous des beaux esprits du temps : un hôtel de Rambouillet, une sorte d'académie où se réunissaient les *meilleures têtes* de la république.

[22] Le châtelain de Saint-Thiébault nous a laissé une chronique en vers des événemens d'alors, écrite avec négligence et naïveté.

[23] *La tour du seigneur Michiel*, ainsi qu'elle est appelée dans les vieilles chroniques, était l'une de celles qui surmontaient la porte de Scarpone ou Serpenoise, dans le prolongement de la rue de ce nom. Elle fut presque ruinée pendant le siége par les boulets de Charles-Quint ; on l'a démolie ensuite.

[24] ....

Avant la réunion de Metz à la France, les armes de la ville consistaient en un écu noir et blanc, avec cette devise extraite d'un manuscrit de 1541 :

Qui les couleurs vouldra savoir
De mes armes ? C'est blanc et noir.
C'est que par blanc : *vita bonis*,
Et par le noir : *mors est malis*.

FIN DES NOTES DU PREMIER CHANT.

www.ingramcontent.com/pod-product-compliance
Lightning Source LLC
Chambersburg PA
CBHW070913200626
46818CB00006BA/2514
9782019550806